MARCELO DUARTE

O MISTÉRIO DA FIGURINHA DOURADA

ILUSTRAÇÃO: CACO BRESSANE

8ª impressão

PANDA BOOKS

Texto © Marcelo Duarte
Ilustrações © Caco Bressane

Direção editorial
Marcelo Duarte
Patth Pachas
Tatiana Fulas

Gerente editorial
Vanessa Sayuri Sawada

Assistentes editoriais
Henrique Torres
Laís Cerullo

Assistente de arte
Samantha Culceag

Diagramação
Carla Almeida Freire
Vanessa Sayuri Sawada

Capa
Caco Bressane

Preparação
Beto Furquim

Impressão
Loyola

CIP-BRASIL. CATALOGAÇÃO NA PUBLICAÇÃO
SINDICATO NACIONAL DOS EDITORES DE LIVROS, RJ

Duarte, Marcelo
   O mistério da figurinha dourada / Marcelo Duarte; ilustrações Caco Bressane. – 1. ed. – São Paulo: Panda Books, 2017. 80 pp. il.

ISBN: 978-85-7888-675-2

1. Ficção infantojuvenil brasileira. I. Bressane, Caco. II. Título.

17-44169 CDD: 028.5
          CDU: 087.5

2025
Todos os direitos reservados à Panda Books.
Um selo da Editora Original Ltda.
Rua Henrique Schaumann, 286, cj. 41
05413-010 — São Paulo — SP
Tel./Fax: (11) 3088-8444
edoriginal@pandabooks.com.br
www.pandabooks.com.br
Visite nosso Facebook, Instagram e Twitter.

Nenhuma parte desta publicação poderá ser reproduzida por qualquer meio ou forma sem a prévia autorização da Editora Original Ltda. A violação dos direitos autorais é crime estabelecido na Lei nº 9.610/98 e punido pelo artigo 184 do Código Penal.

Para João Carlos Marinho, autor de
O gênio do crime, *que o Antonio disse ser
"o melhor livro que ele já leu na vida".*

SUMÁRIO

O primeiro lote 7
Em treinamento 13
Números sigilosos 15
Com a pulga atrás da orelha 21
"Pai, você não vai acreditar..." 25
Cara de assustado 31
A figurinha é sua! 35
Detetives da figurinha dourada 41
O gênio do crime 45
Na cola dos suspeitos 51
O ouro dos tolos 59
Um agente infiltrado 65
A fórmula química 71
Braaaaaaaaasil! 77

O PRIMEIRO LOTE

– Lá vêm eles!

Dino, dono da Banca do Sousa, viu o bando de crianças descendo a rua em alta velocidade. Parecia que estavam apostando uma corrida. Ele calculou que o estouro da meninada se daria menos de cinco minutos depois do horário do final da aula. Acertou em cheio! Sua banca ficava na mesma calçada do Colégio Pedro Álvares Cabral. Estava a menos de cem metros do portão principal da escola. Os alunos e as alunas vinham atrás das tão esperadas figurinhas da Copa do Mundo que tinham sido lançadas oficialmente naquela manhã. Dino havia recebido quinhentos envelopinhos da distribuidora.

– Chegaram as figurinhas da Copa? – perguntou o esbaforido Alê, o primeiro a entrar na banca, sacolejando uma pesada mochila preta nas costas.

Para agilizar as vendas, Dino já estava com um maço de envelopes nas mãos:

– Quantas? – questionou o jornaleiro, que molhou as pontas dos dedos numa esponjinha em

7

cima do balcão para iniciar a contagem dos desejados envelopes.

— Eu quero dez! — disse Alê, com o dinheiro na mão, já cercado por outros colegas da escola, todos muito ansiosos.

Dino ia contando e entregando os envelopes aos pequenos clientes. A ansiedade era tão grande que alguns abriam os pacotinhos ali mesmo dentro da banca.

— Caramba... Já tirei cinco da Jamaica e só uma do Brasil... — reclamou Zilda. — Essa banca nunca me deu sorte!

O dono da banca levantou os olhos em sinal de reprovação, mas continuou o trabalho. Ora, como se ele fosse o responsável por escolher as figurinhas que vinham dentro de milhares de envelopes!

— Minha mãe está esperando no carro — saiu apressado Breno. — Vou abrir as minhas em casa. A gente troca as repetidas amanhã!

Em pouco tempo, o estoque de Dino havia terminado. Não foi possível atender a todos os interessados.

— Amanhã eu vou buscar mais! — avisou o dono da banca.

* * *

Alyssa nem lembrou que estava com fome. Ignorou os chamados da mãe e parecia não se importar em comer depois o almoço já frio. Ela não conseguia parar de colar os cromos dos jogadores. A menina gostava de dizer para os amigos que "as figurinhas da Copa estavam em seu DNA". O pai de Alyssa tinha uma coleção de álbuns das Copas. Todos completos e muito bem-guardados num armário do escritório. O primeiro era da Copa de 1970, quando o Brasil conquistou o tricampeonato. Por isso, ninguém estranhou que ele também estivesse atrasado para o almoço:

– Ufa, tive que passar em três bancas... – entrou em casa, suando de calor. – Acredita que as figurinhas mal saíram e já estavam em falta em duas? Parece que todo mundo está atrás da figurinha dourada... O cara de uma das bancas me disse que um sujeito passou por lá e comprou duzentos pacotinhos de uma vez...

– Duzentos? Não foi você, não, né, pai? – riu Alyssa.

– Não cheguei a esse grau de loucura... Se bem que, aos pouquinhos, a gente acaba comprando muito mais que duzentos... Bom, eu comprei trinta envelopes para começar. A editora anunciou que a figurinha dourada está nesse primeiro lote.

O pai sentou ao lado de Alyssa no sofá da sala de TV e iniciou a operação de rasgar com cuidado os envelopes retangulares. Assim como a filha, ele também ignorou os avisos de "o almoço está servido" que vinham da cozinha.

– Eu te ajudo a abrir – a garota pulou nos envelopes do pai e, na empolgação, nem percebeu que um dos trinta caiu no vão entre as almofadas do sofá.

* * *

O álbum, lançado a cada quatro anos, virava sempre uma febre. Era o único disputado por adultos e crianças, corintianos e flamenguistas, homens e mulheres. E não era um álbum fácil de ser preenchido. Tinha um total de 640 cromos. Produzida pela Editora Guimarães, esta edição trazia na capa uma foto do troféu da Copa do Mundo num fundo azul--escuro. As duas primeiras páginas eram dedicadas aos símbolos oficiais: o escudo da Fifa, o logotipo da Copa, o troféu, a mascote (um urso panda muito engraçado) e a bola do mundial. Virando a página, o álbum trazia espaço para as imagens dos dez estádios que sediariam os jogos. Cada estádio era formado por um conjunto de duas figurinhas. Aí começava a parte das 32 seleções. As equipes ocupavam uma dupla. A primeira figurinha era o escudo da Confe-

deração, depois vinha a foto do time posado e mais 17 jogadores, todos vestindo a camisa oficial. As seleções eram divididas por ordem alfabética apenas dentro de seu grupo. No sorteio, o Brasil ficou como cabeça de chave do Grupo C e, por isso, no álbum foi parar nas páginas 24 e 25.

Para a campanha de lançamento do álbum, a Guimarães criou uma promoção que estava dando o que falar: a maciça propaganda no rádio, na TV, nos jornais, nas revistas e nas redes sociais anunciava que em um dos envelopes havia uma figurinha dourada, que daria a um felizardo a chance de assistir a 25 jogos da Copa do Mundo com todas as despesas pagas. E mais: ele poderia entrar no vestiário do time campeão depois da final.

EM TREINAMENTO

Antonio estava sentado em um dos degraus do ginásio de esportes do Pedro Álvares Cabral. Ele chegou meia hora antes do treino. Sozinho, separou as figurinhas por país, colocou tudo em ordem numérica e começou a colá-las. Cada envelope tinha cinco figurinhas. Ele ordenou 48, pois duas tinham saído repetidas. Decidiu que não bateria bafo com elas. A ideia era trocá-las mesmo. As crianças disputavam uma competição silenciosa para saber quem iria completar o álbum primeiro. E, nessa maratona de conseguir as 640 antes que os outros, era proibido pedir figurinhas por carta para a editora. O inspetor Maximiliano passou por ele e pediu para ver o álbum. Maximiliano era novo na escola. Havia sido contratado menos de duas semanas antes. O crachá dele trazia, além da foto e do nome, o aviso "Em treinamento".

– Você vai colecionar também? – perguntou Antonio.

– Não, não – sacudiu a cabeça o inspetor. – Mas sabia que eu quase fui uma figurinha da Copa?

— Tá me zoando, né? — Antonio fez cara de não acreditar.

— Tô falando sério. Eu já fui jogador profissional e estava na pré-lista de convocados para a Copa do Mundo de 1966.

— Mil, novecentos e sessenta e seis? — Antonio arregalou os olhos. — Que da hora!

— Fizeram uma foto minha, mas eu fui cortado da Seleção. Não fui nem para o álbum nem para a Inglaterra.

— Que azar! Puxa vida... — entristeceu-se o garoto. — Você poderia ter sido campeão do mundo pelo Brasil.

— Azar mesmo... Minha maior frustração é nunca ter ido para um mundial. Eu faria qualquer coisa para ir a uma Copa do Mundo...

— Qualquer coisa? — não acreditou Antonio.

— Qualquer coisa! — reafirmou Maximiliano.

— Até dançar de cueca vermelha, fazendo o som de uma ambulância, no pátio da escola? — brincou Antonio.

O inspetor não estava esperando aquele tipo de pergunta. Apenas soltou uma gargalhada e continuou andando.

NÚMEROS SIGILOSOS

A caça à figurinha dourada virou assunto nos principais noticiários da TV. A estratégia da empresa estava dando os resultados esperados. Havia em curso no país uma verdadeira corrida ao ouro. José Alberto Guimarães Neto, dono da Editora Guimarães, marcou uma entrevista coletiva na luxuosa sede da empresa. O assessor de imprensa contou 45 jornalistas na sala. Os repórteres se inscreveram numa lista para fazer as perguntas.

– Quantos envelopes de figurinhas vocês esperam vender nessa Copa? – perguntou a repórter da TV. – Na Copa passada, falou-se em 130 milhões.

– Entendo a curiosidade de vocês, mas nós nunca revelamos os números de vendas – desconversou José Alberto. – Não posso nem confirmar os números da Copa passada. São dados absolutamente sigilosos.

– Senhor José Alberto, em qual estado do país a figurinha dourada foi distribuída? – disparou outro jornalista.

— Não sabemos! Todo o nosso sistema é automatizado. Máquinas ultramodernas cortam, misturam e embalam as figurinhas. Ela pode sair tanto no interior do Ceará quanto aqui na banca da esquina. É uma questão de sorte.

— Como é feita a escolha dos jogadores que estão no álbum se as listas finais das seleções nem foram enviadas para a Fifa ainda? — quis saber um jornalista de um importante blog sobre futebol.

— As listas de jogadores saem muito em cima da competição — explicou o dono da Guimarães. — Não teríamos tempo de esperar. Contratamos especialistas que ficam acompanhando os jogos das eliminatórias e eles fazem uma relação de 17 possíveis convocados. Costumamos errar muito pouco. Menos de cinco por cento. Próxima pergunta, por favor!

* * *

— Pode falar, Alyssa!

A garota baixou o braço e fez a pergunta para o professor de matemática:

— Qual é a probabilidade de eu tirar a figurinha dourada do álbum da Copa?

– Zero por cento – antecipou-se Antonio, que estava sentado logo atrás dela. – Quem vai tirar sou eu. Trouxe dinheiro para comprar mais dez pacotinhos hoje!

O sexto ano inteiro riu. Alyssa devolveu uma cara de "engraçadinho" para Antonio. O professor conteve o riso.

– Boa pergunta! Mas não é uma conta simples. Primeiro precisamos saber quantas figurinhas foram fabricadas e quantas figurinhas você compra...

– Meu pai disse que é mais fácil um jacaré dançar samba do que eu ganhar esse prêmio – Alê ficou batucando na carteira algo que ele achava ser o ritmo de samba.

Nova gargalhada, dessa vez interrompida por duas batidinhas na porta, que se abriu suavemente. O diretor colocou o pescoço para dentro da sala:

– Com licença, com licença, professor Celso. Classe 161, gostaria de apresentar a vocês um novo colega.

O diretor abriu passagem para a entrada de um menino que estava extremamente tímido. Se carregasse uma concha nas costas, ele se enfiaria dentro dela naquele momento.

– Este é o Charles – apontou o diretor. – Ele veio transferido de uma escola do Rio de Janeiro e, a partir de hoje, vai estudar aqui. Espero que vocês o recebam muito bem.

O professor indicou uma cadeira vazia no fundo da sala. Ao passar pelo corredor, Charles teve sua caminhada interrompida por Antonio.

— Tem alguma figurinha da Copa para trocar aí?

— Não estou colecionando, não — respondeu o novo aluno, seguindo em frente.

— Cara, de qual planeta você veio mesmo?

* * *

Charles cruzou os talheres e bebeu o último gole da limonada. O pai começou a tirar os pratos sujos da mesa, enquanto a mãe servia uma porção de pudim de leite.

— Pai, eu posso colecionar o álbum da Copa do Mundo? — perguntou Charles.

— Figurinha, não, filho! — o pai respondeu da cozinha, enquanto abria a lixeira com o pé para despejar o resto de comida.

— Por que, pai? — entristeceu-se Charles. — Na escola, todo mundo está colecionando... No recreio, eles trocam e eu fico sozinho, sem ter o que fazer.

— Encher um álbum desses é muito caro... Você sabe quantas figurinhas são?

— Sei lá, umas seiscentas...

— Seiscentas? Tem tanto jogador assim numa Copa do Mundo?!? — tomou um susto o pai.

— Tem até mais que isso. Mas são só 17 jogadores por seleção.

— Quantas figurinhas vêm dentro de cada envelope, filho?

— Cinco.

— É só fazer os cálculos. Se não viesse nenhuma repetida, e sempre vêm aos montões, você precisaria de pelo menos 120 envelopes... Sabe quanto isso dá em dinheiro? Figurinha é jogar dinheiro fora!

Charles entendeu o recado. Não disse mais nada. Pegou a colher, devorou o pudim e pediu para repetir a sobremesa.

COM A PULGA
ATRÁS DA ORELHA

Dino recebeu mais uma entrega das figurinhas. Outros quinhentos envelopes. Estava feliz com as vendas. O lucro prometia ser tão grande nesses três meses antes da Copa do Mundo que ele já estava planejando fazer uma pequena reforma na banca. Alê era sempre o mais rápido a chegar depois da aula.

— Quero mais dez, seu Dino!

— Tá na mão! — entregou o jornaleiro. — Por que você veio antes da hora hoje? Não está matando aula, né?

— Não. Tive prova e fui o primeiro a terminar. Vamos ver se a figurinha dourada sai desta vez...

— Eu não acredito muito nesses prêmios de álbuns de figurinhas, não... — disse Dino meio que sem querer.

— É mesmo? O senhor acha que não existe prêmio nenhum?

— Tenho uma pulga atrás da orelha...

— O meu cachorro também tem várias! — brincou Alê.

— Não, isso é uma expressão. "Tenho uma pulga atrás da orelha" significa que sou desconfiado com essas coisas...

— Tô ligado, seu Dino.

— Quando tinha a sua idade, eu colecionava álbuns de times de futebol. Eram álbuns diferentes que ofereciam prêmios. Cada time completado dava direito a um brinde.

— Uau, que beleza! E o que o senhor ganhou?

— Não ganhei nada.

— Deve ser porque o senhor comprava poucas figurinhas, então...

— Comprava muitas! — respondeu o dono da banca. — Gastava toda a minha mesada com figurinhas, sempre alimentando o sonho de ganhar um prêmio. Qualquer prêmio. Só para ter esse gostinho.

— Que cara azarado você era. Não dava para trocar as figurinhas que estavam faltando com os amigos?

— Você não está entendendo... Naquele tempo, existiam figurinhas difíceis, fabricadas em menor quantidade. Quase ninguém conseguia completar o álbum. Só um ou outro gaiato ganhava prêmios e, ainda assim, os mais baratinhos, como bonecas e bolas. No máximo, uma panela de pressão ou um liquidificador. Ninguém recebia os grandes prêmios prometidos, como motocicletas, televisores e geladeiras.

Era uma grande mentira. E ainda os álbuns ficavam sempre incompletos.

— Não sabia disso...

— Sabe o que o governo fez? — Dino se empolgou e continuou contando. — As fábricas foram obrigadas a imprimir a mesma quantidade de todas as figurinhas. Acabaram as "figurinhas carimbadas", que era como chamávamos as mais difíceis. Com essa norma, não tivemos mais álbuns dando prêmios.

— Aí, sim, gostei! Os donos dessa fábrica levaram a maior rasteira...

— As figurinhas eram feitas pela Editora Guimarães, a mesma que lançou esse álbum da Copa do Mundo. Ela era a maior do mercado. Teve uma queda e agora está tentando voltar ao topo. Para isso, inventaram essa tal de figurinha dourada. O mais engraçado disso tudo é que os Guimarães não gostam muito de dar prêmios. Pelo menos, nunca gostaram.

"PAI, VOCÊ NÃO VAI ACREDITAR..."

O professor Osmar deu uma bronca em todo o time:
— Vamos lá! Que moleza é essa? Assim vocês nunca irão jogar na Seleção... Nunca vão virar figurinha do álbum da Copa.

Os meninos sentiram a provocação e aceleraram o ritmo. O treino terminou dali a vinte minutos com todos exaustos e pingando.

— E aí, professor? — Antonio foi se despedir de Osmar. — Já imaginou as figurinhas desse time? Tiago, Pedro Lima, Breno, Luiz Eduardo e Leandro; Marcos Santos, Lucas Ney, Alê e Fernando Dias; eu e Gui?

— Não esqueça de incluir a figurinha com a cara do técnico também nesse álbum — pediu o professor.

— Não sei por que a Guimarães nunca faz a figurinha dos treinadores que vão para a Copa. Será que eles acham que o técnico é só um enfeite?

Antonio tirou a camisa vermelha e azul do colégio e encontrou Alyssa, Renata e Letícia no caminho para o vestiário. Elas estavam chegando para o treino do time de futebol feminino, que começaria logo em seguida.

— Antonio, você não devia ter chamado o Charles de ET... — bronqueou Renata.

— Mas eu não o chamei de ET — defendeu-se Antonio. — Só perguntei de que planeta ele tinha vindo...

— O que dá na mesma, certo? — ralhou Letícia.

— Não, nada a ver. Você pode morar em outro planeta e não ser necessariamente um alienígena.

— Ele acabou de chegar de outra cidade, não conhece ninguém aqui — disse Alyssa. — Temos que ajudá-lo a se enturmar. Olha lá... Ele está sozinho de novo...

— Ah, tá bom, tá bom! — suspirou o garoto, sentindo-se acuado. — Como vocês são chatas. Vou me desculpar com ele. Mas é só para vocês pararem de encher a minha paciência!

Antonio acelerou o passo e conseguiu alcançar Charles um pouco antes de entrarem no vestiário.

— Charles, aquilo que falei ontem foi só brincadeira, tá?

— Aquilo o quê?

— Perguntei de qual planeta você tinha vindo... — lembrou Antonio.

— Ah, tô de boa. Não liguei...

Dentro do vestiário, Antonio abriu um dos zíperes da mochila e tirou ali de dentro um envelope fechado.

— Toma um envelope para você começar a sua coleção.

Charles agradeceu com um "valeu!". Colocou-o no bolso do calção, pegou sua mochila e saiu.

* * *

— Número 387... Pronto, colada. Agora só falta uma para completar o Brasil.
— Como você cola bonitinho, pai! — elogiou Alyssa.
— As minhas às vezes ficam tortas...
— É uma questão de prática, minha filha! Mas melhorei muito. Depois pegue o meu álbum da Copa de 1970 para ver como elas estavam. Só quero que você tome cuidado...
— Os álbuns ficavam mais gordinhos, né? — lembrou ela.
— Hoje as figurinhas são autocolantes, mas antes não eram assim. Nós usávamos cola branca. Eu colocava uma gotinha em cada ponta da figurinha. E ainda assim fazia a maior sujeira. Algumas folhas grudavam... Seu avô me ajudava sempre.

— Quer dizer que colecionar figurinha está passando de geração em geração nessa casa?
— Exatamente! — abriu um sorriso o pai. — Vou dar esses álbuns para o meu primeiro neto. Mas só quando ele tiver mais de 18 anos!

A mãe de Alyssa entrou na sala e viu os dois se divertindo com as figurinhas:
— Ei, vocês dois não perderam nada, não? — perguntou ela, sacudindo um envelopinho de figurinha.
— Onde você achou isso? — quis saber a filha.
— Estava enfiado no meio das almofadas do sofá...
— Oba, eu vou abrir — Alyssa agarrou o envelope como se fosse a goleira de um time.

Abriu o envelope com cuidado. Tirou as cinco figurinhas e foi vendo uma a uma.
— Ah, não, esse jogador da Eslováquia de novo... Quantas nós já tiramos dele? Umas seis...

Na última figurinha, Alyssa parou, arregalou os olhos castanhos e gritou:
— Pai, você não vai acreditar na figurinha que eu acabei de tirar!

CARA DE ASSUSTADO

Antonio chegou na escola bem na hora em que o inspetor Maximiliano estava colocando o cartaz no pátio.

"A direção do Colégio Pedro Álvares Cabral informa que os alunos estão proibidos de trocar figurinhas dentro da escola, mesmo no recreio e nos horários de entrada e saída. A escola irá promover em breve encontros nos fins de semana para que trocas de figurinhas possam ser feitas. Contamos com a compreensão de todos."

– É sério isso, Max? – resmungou Antonio, já se sentindo íntimo do inspetor.

– É, sim. Meia dúzia de alunos de uma classe do oitavo ano começaram a trocar figurinhas no meio da aula de geografia. Deu a maior confusão com o professor e o diretor disse que não quer saber de trocas no período de aula.

– Uma classe errou e agora todas vão pagar por isso? Não é justo!

Charles entrou logo depois e ficou feliz em encontrar Antonio.

— Oi, Antonio, bom dia! Preciso falar com você...
— Que cara de assustado é essa, Charles? Esqueceu de fazer a lição de inglês? Calma, o professor é gente boa...
— Não, é outra coisa...
— Deve ser algo bem grave mesmo, cara. Então diz logo!

A conversa dos dois foi interrompida por uma esfuziante Alyssa:
— Meninos, vocês não vão acreditar...
— Se a gente não vai acreditar, então nem precisa contar... — ironizou Antonio.
— Mas eu vou contar assim mesmo... Minha mãe achou um envelope de figurinhas que meu pai tinha comprado na semana passada e que tinha caído no meio de duas almofadas do sofá da sala.
— Tem uma versão resumida da história aí? — Antonio estava impaciente com tantos detalhes.
— Não, não tem. Por favor, não me corte. A minha mãe me deu o envelope e eu abri como quem não quer nada. E aí, para minha surpresa, sabe o que encontrei lá dentro?

Alyssa fez todo o suspense, mas ela mesma respondeu a pergunta que tinha feito:
— A figurinha do Zuba Júnior!!!! Eu completei a Seleção Brasileira ontem à noite. Só estava faltando esta...

— Grande porcaria... — desdenhou Antonio. — Eu já completei os Estados Unidos, a Bósnia e a Holanda. Pensei que você fosse contar algo mais importante, tipo: "Eu tirei a figurinha dourada!".

— Eu tirei a figurinha dourada!

Alyssa e Antonio viraram a cabeça ao mesmo tempo em direção a Charles. Ele tirou a figurinha dourada do bolso.

— EU tirei a figurinha dourada. Estava no envelope que você me deu de presente depois do treino ontem. Era sobre isso que eu queria falar com você...

A FIGURINHA É SUA!

A figurinha dourada era muito mais bonita ao vivo do que na propaganda. Havia um brasão da Editora Guimarães, com a data de fundação da empresa em destaque logo abaixo. No alto, a frase com que todos sonhavam: "Seu passaporte para a Copa". Havia também no rodapé um número de telefone. Dizia que o contemplado deveria ligar assim que encontrasse o prêmio.

– A figurinha é sua! – esticou a mão Charles.

Antonio parecia ainda não entender o que estava acontecendo:

– Não é, não. Eu dei o envelope para você. A sorte foi sua. O prêmio é seu.

– Não é justo – continuou Charles. – Você pagou pelas figurinhas.

Se Charles insistisse mais alguns segundos, Antonio estava propenso a ficar com a figurinha e com a sonhada viagem para a Copa do Mundo. Só que Alyssa, já não mais preocupada com a figurinha do camisa 9 da Seleção Brasileira, entrou na conversa:

– Você não ouviu o que ele disse, Charles? A figurinha e o prêmio são seus. – E virando-se para Antonio: – Te admiro muito! Que gesto mais bonito você acabou de fazer. Vou contar para a classe toda.

Como tinha uma queda secreta por Alyssa, Antonio achou que valia a pena abrir mão do prêmio para subir no conceito da colega de classe. Logo a notícia se espalhou pela escola. Todos os que estavam no pátio cercaram Charles e a figurinha dourada. A primeira aula começou atrasada.

* * *

A notícia chegou depressa aos veículos de imprensa. Os jornalistas ficaram alvoroçados para marcar entrevista com o sortudo. O departamento de marketing da Editora Guimarães também foi avisado. Os pais de Charles foram chamados à escola por causa do assédio.

A empresa sugeriu que Charles fosse entrevistado no dia seguinte, na banca de jornal ao lado da escola. A Guimarães anunciou que tinha pressa em fazer a premiação e o presidente estaria presente para entregar os *vouchers* da viagem.

Faltando 15 minutos para as quatro da tarde, os carros de imprensa começaram a chegar e tomaram

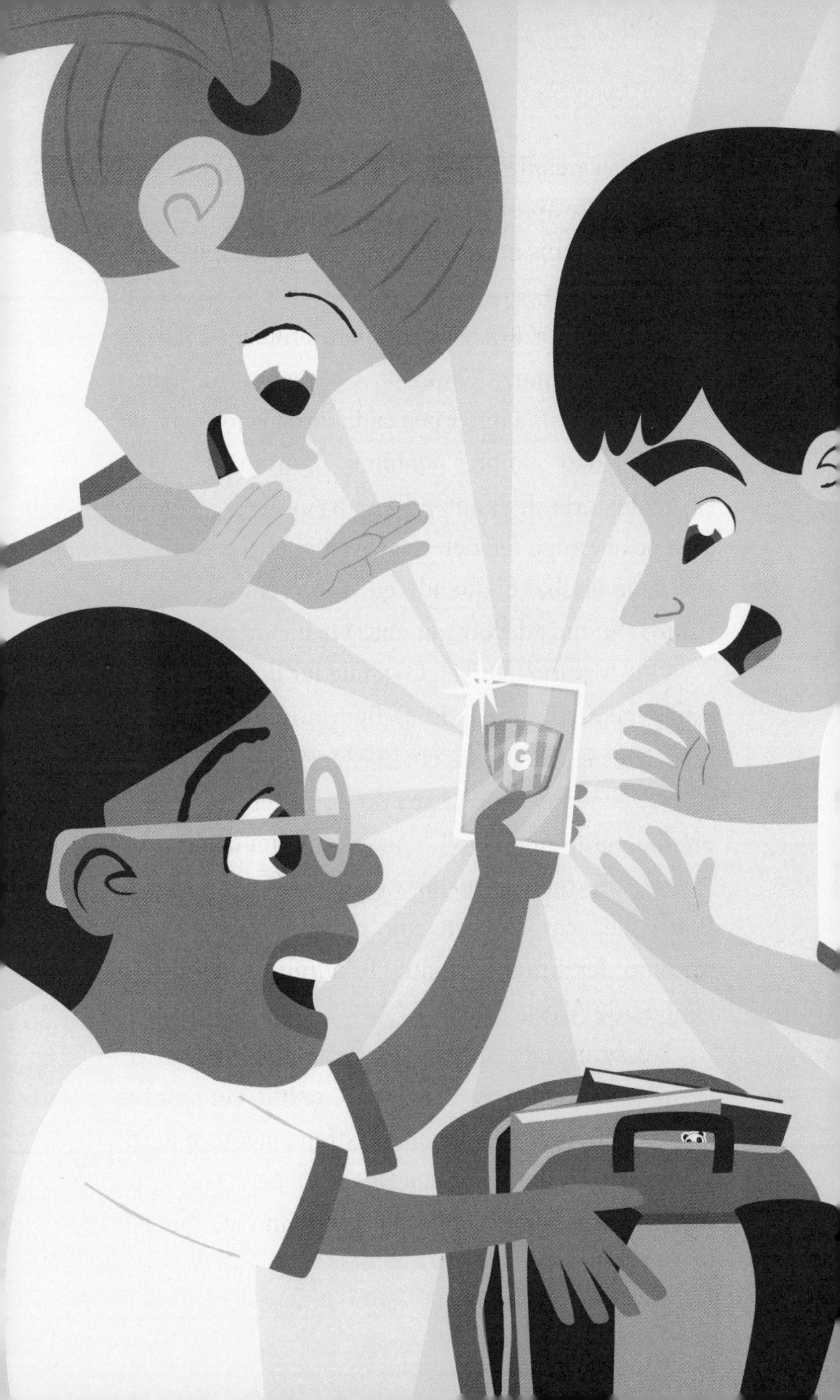

conta das cercanias da banca de Dino. Curiosos também foram se aproximando. Charles chegou acompanhado de alguns amigos da classe. Deixou a mochila atrás do balcão para tirar algumas fotos. A escola escalou o inspetor Maximiliano para proteger Charles. Era muito empurra-empurra. Charles era obrigado a contar a mesma história a cada um dos jornalistas:

— Eu não comprei nenhuma figurinha — começava a história. E apontando para Antonio: — Aquele meu novo amigo me deu um envelope logo depois do treino de futebol e, quando eu vi, o prêmio estava lá dentro. Eu quis devolvê-la, mas ele não aceitou.

Que história incrível! O ganhador do prêmio não estava nem colecionando as figurinhas. Por isso, os repórteres corriam para entrevistar Antonio também:

— Você não ficou chateado de ter entregue esse prêmio para seu amigo? — perguntou um deles.

— Claro que eu gostaria de ir para a Copa, mas fiquei feliz com a sorte que ele teve — respondeu Antonio, lembrando-se do "Te admiro muito" que ganhou de Alyssa.

Nesse momento, um carro preto parou em fila dupla na frente da banca e o senhor Guimarães desceu. Era um sujeito alto, extremamente magro, com cabelos ralos e sobrancelhas que pareciam taturanas. Um assessor foi abrindo caminho até que ele chegou perto de Charles.

— Você é o felizardo? — perguntou o empresário.

— Sou eu mesmo.

— Qual é o seu nome?

— Charles Vitorino.

— Parabéns, Charles! Em nome da Editora Guimarães, gostaria de lhe dar os parabéns e dizer que estamos muito felizes em poder lhe presentear com essa viagem para a Copa do Mundo. Só preciso da figurinha dourada para lhe entregar o prêmio.

— Ela está dentro de minha mochila — apontou Charles em direção ao balcão.

O dono da banca foi buscá-la e a entregou ao pai do menino. Charles abriu o zíper da frente e tirou lá de dentro uma agenda. Folheou algumas páginas e pegou uma figurinha. Surpresa. A figurinha dourada não estava mais lá. Um jogador da Costa Rica apareceu no lugar dela.

— Onde está a minha figurinha dourada? — desesperou-se o menino.

A agitação foi enorme.

— Procure nas outras páginas, filho! — disse a mãe, igualmente desesperada.

— Ela estava aqui, eu juro! — os olhos de Charles se encheram de lágrimas.

Os pais tiraram todo o material de dentro da mochila e começaram a verificar página por página dos livros. Matemática, geografia, história, português... Nenhum sinal da figurinha. Os jornalistas começaram a desconfiar da história do menino.

– Ele não está mentindo – disse Antonio. – Eu vi a figurinha dourada quando ele chegou na escola.

– Quem garante que ele não fez uma figurinha dourada na casa dele e resolveu aprontar esse trote na gente? – bronqueou uma repórter.

– Meu filho jamais faria isso – o pai de Charles reagiu energicamente.

– Você não tem cachorro em casa, Charles? – perguntou Alê. – Ele pode ter confundido a figurinha dourada com a embalagem de um bombom...

Passados quarenta minutos, os jornalistas começaram a debandar. A mãe de Charles foi até em casa para ver se ele havia esquecido por lá e nada encontrou. Cansado de esperar, o presidente da Editora Guimarães também se despediu:

– Lamento, mas sem a figurinha dourada não tem prêmio. Se você encontrá-la, por favor, volte a nos procurar. Vamos embora!

Entrou no carrão preto e partiu. Charles e os amigos estavam arrasados. O que teria acontecido com a figurinha dourada? Como ela conseguiu se evaporar de dentro da mochila?

DETETIVES DA FIGURINHA DOURADA

— A figurinha só pode ter sido roubada — concluiu Antonio. Ele, Alyssa, Alê e Zilda aproveitaram o intervalo para comentar os acontecimentos do dia anterior num canto do pátio. Charles havia faltado. A diretoria disse que ele estava envergonhado com tudo o que aconteceu e que tinha passado mal aquela noite.

— Roubada por quem? — intrigou-se Alê.

— A banca estava a maior muvuca... Ele deixou a mochila sozinha por uns dez minutos... — Alyssa parecia concordar com a tese de Antonio.

— É isso mesmo! Enquanto todos estavam distraídos, o ladrão abriu a mochila e trocou as figurinhas debaixo de nossos olhos — completou Zilda.

— Precisamos fazer uma lista de suspeitos — sugeriu Alyssa.

— Opa, lista é comigo mesmo! Eu já tenho uma lista das figurinhas que estão faltando no meu álbum — Alê tirou do bolso uma folha de caderno cheia de números, alguns já riscados.

O sinal anunciando o final do recreio tocou. Os alunos começaram a voltar para as classes.

— Pensem nisso e hoje à noite conversaremos por mensagens — disse Antonio.

— Vou criar um grupo com nós quatro. Vai se chamar Detetives da Figurinha Dourada — Alyssa deu uma piscadinha e todos entraram na sala de aula atrás dela.

* * *

Dino estava ouvindo o telefone tocar, mas não conseguia encontrar seu aparelho. Olhou na mesa da copa, procurou na cozinha e só foi encontrar o celular debaixo de uma almofada no sofá da sala. Devia ter caído do bolso enquanto assistia aos noticiários da noite. Todos deram grande destaque ao mistério da figurinha dourada.

— Oi, filho, boa noite! Você viu as reportagens na televisão? Aconteceu tudo do jeito que você previu mesmo! O quê? Sei, sei... É mesmo? Você acha que corremos algum risco de sermos descobertos?

* * *

Antes de voltar para casa, Maximiliano resolveu passar pela banca. Ela já estava fechada. Nem sinal de toda aquela agitação do dia anterior. Naquele instante, o único movimento no quarteirão era de um pequeno restaurante italiano que ficava do outro lado da rua. Na esquina, um carro — com dois homens nos bancos da frente — deu sinais de luz para o inspetor. Ele aumentou a velocidade dos passos. Aproximou-se do carro, deu uma espiada para cada lado da rua para ter certeza de não estar sendo observado. Entrou no banco de trás e o carro partiu com os faróis apagados.

O GÊNIO DO CRIME

Ainda na mesa de jantar, Alyssa começou a explicar para os pais tudo o que estava acontecendo na escola. Contou detalhes do desaparecimento da figurinha dourada.

— Essa história está me fazendo lembrar de um livro muito bom que li na minha adolescência — o pai parecia ter embarcado numa viagem ao passado.

— Que livro? — ficou curiosa Alyssa.

— *O gênio do crime*. Procura aí no celular o nome do autor... É um livro que você deveria ler, filha. Você que é apaixonada por figurinhas vai gostar da história.

— João Carlos Marinho?

— Isso mesmo. *O gênio do crime*, de João Carlos Marinho. Vou comprar um exemplar para você. Assim eu aproveito para reler.

— Os ladrões roubavam uma figurinha dourada também? — Alyssa continuou interrogando o pai.

— Não. Huuummm... Já faz tanto tempo que eu li... O que lembro é que tinha um bando que falsificava figurinhas. Aí todas as crianças conseguiam preencher os álbuns e ganhavam os prêmios. A fábrica quase foi à falência.

– Como foi que os ladrões foram descobertos? – Alyssa estava gostando da história.

– Faz muito tempo que eu li, Alyssa. Eu tinha a sua idade ou um pouquinho mais. Lembro que tinha um detetive inglês muito engraçado, mas quem solucionou o caso foram as crianças. Crianças de sua idade.

Alyssa gostou do que ouviu e correu para contar a história aos amigos.

* * *

Alyssa criou o grupo "Detetives da Figurinha Dourada".

Alyssa adicionou Antonio

Alyssa adicionou Zilda

Alyssa adicionou Alê

Os quatro acharam melhor não incluir Charles na conversa por enquanto.

Alyssa:
Já pensaram nos suspeitos?

Antonio:
Só pode ser alguém que quisesse muito ir à Copa!

Zilda:
Então você é o suspeito número 1... kkkkk

Antonio:
Quanta graça!

Alê:
Eu tenho um suspeito.

Alyssa:
Quem?

Alê:
O Dino, dono da banca.

Zilda:
Por que ele faria isso?

Alê:
Ele me disse que tinha o sonho de ganhar um prêmio de álbum de figurinhas e nunca

conseguiu. Aí ele roubou a figurinha para realizar esse sonho, entenderam?

Alyssa:
Uma boa pista. Ele é que guardou a mochila do Charles.

Antonio:
Então, eu também tenho mais um suspeito. O inspetor Maximiliano estava ali e disse que tinha o sonho de ver uma Copa do Mundo.

Zilda:
Já disse que ter o sonho de ver uma Copa todo mundo tem. Desse jeito, vamos precisar cercar o Brasil com grades e prender todo mundo.

Antonio:
Só que ele mentiu para mim. Disse que tinha sido jogador de futebol e que foi convocado numa pré-lista da Copa de 1966. Falei isso pro meu pai e ele checou com um amigo dele, o Haroldo Carlos, aquele jornalista esportivo da TV. O Haroldo Carlos garantiu que não havia nenhum Maximiliano naquela lista.

O MISTÉRIO DA FIGURINHA DOURADA

49

> Alyssa:
> Excelente trabalho, detetives do Pedro Álvares Cabral! Vamos começar a nossa investigação. Temos, então, dois suspeitos.

> Antonio:
> Como começaremos a investigação, Alyssa?

> Alyssa:
> Eu e o Antonio vamos seguir o dono da banca, enquanto o Alê e a Zilda acompanham os passos do inspetor Maximiliano.

    Antonio adorou a divisão das equipes. Sentiu uma momentânea palpitação no coração. Ainda mais porque a escolha foi por iniciativa da própria Alyssa.
    Alyssa encerrou a conversa:

> Alyssa:
> Nós vamos desvendar esse mistério. Quem duvidar deve ler o livro *O gênio do crime*.
> Boa noite!

NA COLA DOS SUSPEITOS

— Bom dia! É o senhor Peter Vitorino? — o pai de Charles recebeu uma ligação de um telefone desconhecido.
— É ele mesmo.
— Aqui é o delegado Pestana, da Divisão de Fraudes. Tudo bem com o senhor?
A voz de Peter ficou um tanto trêmula quando ele descobriu que estava falando com um policial.
— Si-sim...
— O senhor poderia comparecer aqui hoje à tarde?
— Claro, claro. Desculpe... Qual é o seu nome mesmo, delegado?
— Doutor Pestana. Eu fico na Divisão de Fraudes, no terceiro andar do prédio central da Polícia Civil. É muito fácil. Estamos na Praça do Relógio, no centro.
— Eu sei onde é — disse Peter.
— Excelente! Espero o senhor hoje às duas e meia da tarde.
— Estarei aí!

— Ah, por favor, traga a mochila do seu filho, a agenda e a figurinha que ele encontrou no dia da entrevista coletiva, por favor. Coloque tudo dentro de um saco plástico. Quanto menos gente deixar as impressões digitais no material, melhor.

***

— O meu pai foi chamado para ir até a delegacia por minha causa — choramingou Charles na hora do intervalo, rodeado pelos quatro colegas. — Ele acabou de me mandar uma mensagem. Vai passar aqui na escola para pegar minha mochila, minha agenda e a figurinha. O delegado quer que ele leve tudo isso...
— Que coisa mais esquisita — Antonio coçou a cabeça.
— O cara é delegado da Divisão de Fraudes — continuou contando Charles. — Será que eles acham que eu inventei a história da figurinha dourada?
— Nós somos testemunhas que não! — Alyssa tomou a palavra. — Calma, nós vamos pegar esse criminoso e vai terminar tudo bem.
Antonio e Alyssa contaram o plano a Charles e explicaram o que fariam para seguir os suspeitos.

— Você não quer vir com a gente hoje no fim do dia? — convidou Antonio.

— Quero sim! — aceitou Charles.

No primeiro dia de tocaia, os dois suspeitos apenas saíram do trabalho e foram para casa. Nada que chamasse a atenção dos jovens detetives. No segundo dia, mais uma vez no horário combinado, Antonio, Alyssa e Charles se encontraram na esquina da escola. Sabiam a que horas Dino costumava fechar a banca. Daquela vez, no lugar de virar à direita, caminho que fazia todos os dias, ele tomou a direção contrária e seguiu para o ponto de táxi. Entrou no primeiro da fila. Os três perseguidores correram e entraram no segundo.

— Siga aquele táxi! — esticou o dedo Antonio.

— Sou fã de cinema e sempre sonhei ouvir essa frase aqui no meu carro — vibrou o taxista, que já conhecia os garotos e, por isso, obedeceu, saindo rapidamente. — Coloquem os cintos de segurança que lá vamos nós!

* * *

— À esquerda, Anderson! — berrou Alê. — À esquerda!!!!

— Não avisa tão em cima — reclamou o irmão mais velho de Alê, que só tinha a carteira de habilitação havia seis meses. Ele topou ajudar o caçula na perseguição ao inspetor da escola.

— É que ele não deu a seta... — justificou a barbeiragem.

O carro de Maximiliano virou numa rua estreita e, alguns metros depois, entrou num estacionamento.

— Ele vai parar aí... Pelo menos agora ele deu seta!

Anderson fez o mesmo. Mas mandou que Alê e Zilda baixassem a cabeça para não serem reconhecidos pelo inspetor. Maximiliano caminhou alguns metros e entrou num grande prédio cinza.

— É o prédio da Polícia Federal — exclamou Alê. — Será que ele já veio se entregar? "Bom dia, senhores policiais. Eu roubei a figurinha dourada, podem me prender..." Foi isso que ele veio fazer aqui?

— Claro que não, cérebro de geleca — Zilda deu duas batidinhas na cabeça de Alê. — Já estive aqui no ano passado. As pessoas vêm no prédio da Polícia Federal para tirar o passaporte. E elas tiram o passaporte quando pretendem viajar...

— O inspetor vai viajar de férias? — estranhou Anderson.

— Ele pode estar planejando ir... para a Copa do Mundo! — deduziu Zilda.

— Mas vocês disseram que ele acabou de entrar na escola... Nem deu um ano de trabalho ainda... — pensou em voz alta o irmão de Alê. E juntando as pontas: — Então... o ladrão da figurinha só pode ser ele mesmo. Ele vai pedir demissão para viajar.

— Elementar, meu caro Anderson! — Alê assumiu ares de detetive.

Os três bateram as mãos no alto para comemorar a descoberta.

***

O táxi que levava Dino parou numa ruazinha de um bairro arborizado bem central. O motorista explicou que o lugar se chamava Jardim alguma coisa que eles não escutaram porque um caminhão passou ao lado deles. Os meninos pediram que o motorista estacionasse um pouco mais adiante para não levantar suspeitas. Eles viram que Dino entrou na primeira travessa do lado esquerdo. Resolveram segui-lo a uma certa distância. Quando dobraram a esquina, viram um prédio imponente e o nome afixado num grande letreiro: "Editora Guimarães". Na parede, o mesmo brasão que estava estampado na figurinha dourada desaparecida.

— Vocês estão vendo?!? Não acham suspeito ele ter vindo até a fábrica de figurinhas?... Não falei que era ele? — vibrou Antonio.

— Você é um gênio, Antonio! — Alyssa abriu um sorriso enorme.

— Ei, olhem lá... — apontou Charles.

Dino não entrou. Parou junto a uma das grades. Pelo entra e sai naquele horário, os meninos concluíram que era a hora da mudança de turno. A turma da tarde estava saindo para dar lugar à turma da noite. O volume de venda das figurinhas da Copa era tão grande que obrigava a fábrica a trabalhar em três turnos, sem interrupção, mesmo nos fins de semana. Um dos funcionários que saía naquele horário parou ao lado de Dino. Eles trocaram envelopes e cada um seguiu para um lado.

— Viram aquilo? — Antonio sacudiu os braços dos dois amigos — A figurinha dourada estava dentro daquele envelope, tenho certeza!

— Mas por que ele entregaria o prêmio para um funcionário da editora? — estranhou Charles.

— Para disfarçar. Se ele aparecer agora com o prêmio, todos saberão que ele roubou a sua figurinha, Charles!

— Esse sujeito deve repassar agora a figurinha dourada para outra pessoa — imaginou Alyssa. —

RNAL
TEMOS FIGURINHAS
SUA SORTE PODE ESTAR AQUI!
PANDAS
TULIPA
MARGARIDA
EDITORA
GUIMARÃES

Daqui a alguns dias, vai aparecer um novo ganhador e todos acharão que você inventou a história, Charles.

— Mas eu não inventei... — agitou-se Charles.

— A gente sabe... Mas quem acredita na palavra de uma criança? — disse Alyssa.

— Ele deve ter amigos aí na fábrica porque vende figurinhas há muitos anos — constatou Antonio. — Eles vão colocar alguém para receber o prêmio no lugar do Dino, tá na cara! Precisamos avisar a polícia!

— Meu pai tem o telefone daquele policial... — lembrou Charles.

— Vamos embora! Amanhã, na escola, contamos tudo para o Alê e para a Zilda — disse Alyssa. — Vou mandar uma mensagem, marcando o encontro bem cedo, antes das aulas. Assim, eles não perdem mais tempo seguindo o inspetor.

O OURO DOS TOLOS

Na manhã seguinte, logo que chegou em seu suntuoso escritório, José Alberto Guimarães Neto chamou a secretária pelo telefone interno. Ela se materializou na frente do chefe em poucos segundos.

— Pois não, senhor Guimarães.

— Preciso falar com o Sousa. Imediatamente! Estou vendo os relatórios aqui e aconteceu algo estranho na distribuição de um lote.

— Souza, o engenheiro químico?

— Não, dona Geórgia. Sousa com "s", o rapaz da área de logística.

A secretária saiu e voltou rapidamente:

— Senhor Guimarães, liguei lá no departamento e me disseram que ele pediu demissão ontem. Já nem veio mais hoje...

***

Os cinco garotos se encontraram na quadra da escola. Todos chegaram muito eufóricos.

— Nós já sabemos quem roubou a figurinha do Charles — disse Alê.

— Nós também! — afirmou Antonio.

E os dois disseram quase que ao mesmo tempo:

— Foi o Dino!

— Foi o Maximiliano!

E a confusão se armou. Os dois grupos começaram a discutir.

— Nós vimos o inspetor entrando na Polícia Federal — explicou Zilda. — Ele só pode ter ido lá tirar o passaporte para viajar para a Copa...

— Quem disse?!? — reagiu Alyssa.

— Vocês são umas toupeiras mesmo! — Alê começou a perder a compostura. — Não querem dar o braço a torcer que nós vencemos...

— Venceram o quê? — reclamou Antonio. — Nós vimos o Dino na fábrica da Editora Guimarães. Ele trocou um envelope com alguém lá de dentro.

— Ele deve ter ido lá encomendar mais figurinhas, bobão! — contra-argumentou Alê. — Não percebe que a banca dele está sempre sem figurinhas... Vende tudo até a hora do almoço.

— É difícil conversar com gente ignorante... — Antonio colocou as mãos em frente ao rosto, em sinal de reprovação.

— Sei bem como é! — bronqueou Alê. — Mas eu

estou me esforçando ao máximo para conseguir...
O clima esquentou entre os amigos. Os dois grupos disseram que iam procurar a polícia para contar toda a história. Cada um à sua maneira.

* * *

— Doutor Pestana, o resultado da perícia da Polícia Científica acabou de chegar — o policial entregou o envelope branco para o chefe.
Pestana tirou uma tesoura de dentro da gaveta e arrancou os grampos que fechavam o envelope com extremo cuidado. Fez uma leitura dinâmica nas duas folhas que estavam lá dentro.
— É ele mesmo! O resultado comprova tudo o que o nosso informante disse! Podemos prendê-lo imediatamente...
— Calma, delegado! Pra que a pressa? A imprensa está muito interessada nesse caso, certo? O senhor não acha que poderíamos convocar uma entrevista coletiva? Isso pode render alguns pontos para o senhor se tornar o próximo delegado geral da Polícia Civil.
— Não é uma má ideia...
— A sua imagem irá aparecer esta noite em todos os telejornais e em todos os portais de internet...

— Excelente ideia! Vamos prender o espertalhão e apresentá-lo numa grande coletiva de imprensa. Vou até colocar uma gravata nova!

— Quer que eu chame também o menino que encontrou a figurinha dourada e alguns amigos dele? No final da entrevista, delegado Pestana, o senhor pode abraçar as crianças... Vai dar foto na capa dos jornais.

— Quero sim... Entrarei para o noticiário como o "delegado amigo das crianças"...

— Seria bom também criarmos um nome pomposo para essa operação... Os jornalistas adoram operações com nomes bonitos. A Polícia Federal sempre faz isso e dá o maior Ibope.

— Você tem alguma sugestão?

— Tenho, sim, senhor. Pensei em Operação Pirita.

— Por que "pirita"? – coçou a cabeça Pestana.

— Pirita é uma pedra dourada que muitas vezes é confundida com ouro. Tinha gente que comprava pirita achando que era ouro. Por isso, a pirita ganhou o apelido de "ouro dos tolos". E isso tem tudo a ver com a nossa investigação.

— Perfeito! Vamos colocar a Operação Pirita na rua. Você devia trabalhar numa agência de publicidade, policial Davidson, já falei isso para você alguma vez?

Outro policial interrompeu a conversa dos dois:
— Com licença, delegado Pestana. Tem um bando de crianças aí fora, dizendo que querem falar com o senhor sobre o caso da figurinha dourada.
— Estão todos aí?
— Sim, senhor!
— Ótimo, teremos um trabalho a menos. Davidson, vá falar com eles!

UM AGENTE INFILTRADO

O auditório da Secretaria de Segurança Pública estava abarrotado de câmeras, microfones e jornalistas. Mesmo convocada às pressas, a coletiva conseguiu reunir todos os maiores veículos de comunicação. A figurinha dourada desaparecida era o principal assunto de todos os noticiários. A primeira fila foi reservada para Charles, Antonio, Alyssa, Zilda e Alê. Os pais das crianças estavam no fundo. O diretor do Colégio Pedro Álvares Cabral também foi convocado a participar. Se fosse uma novela, aquele seria o último capítulo da trama.

Quando o delegado Pestana entrou no auditório, os garotos se empolgaram com o barulho das câmeras fotográficas sendo disparadas. Pestana deu três batidinhas no microfone para ver se ele estava ligado. Estava. Ele deu início então à entrevista coletiva:

– Boa tarde! Muito obrigado pela presença de todos. Como é de conhecimento dos presentes, o caso do roubo da figurinha dourada mobilizou o país nos últimos dias. O nosso departamento de investigação solucionou esse difícil caso e nós vamos apresentar agora o autor do delito.

Pestana fez um sinal e o inspetor Maximiliano entrou na sala, ladeado por outros dois policiais.

— Não falei?!? — Alê deu um pulo da cadeira. — Não falei que era ele, seus otários... Bem feito pra vocês!

O delegado voltou ao microfone.

— Gostaria de apresentar a todos o investigador Dagoberto — disse, apontando para Maximiliano.

— Ué... — estranhou Alê. — Nem sabia que o inspetor tinha um irmão gêmeo...

— Há duas semanas, nós tínhamos conhecimento de um plano terrível e, por isso, pedimos ajuda para a Polícia Federal. Resolvemos trabalhar em parceria. Eles infiltraram um agente na escola para proteger aquele que encontrasse a figurinha dourada. Gostaria de agradecer o diretor, senhor Silvio Menezes, pela ajuda e por ter mantido o sigilo de nossa operação.

— Entendeu agora o que ele foi fazer na Polícia Federal, burrão? — Antonio deu o troco em Alê.

— Ele trabalha lá... — emendou Charles.

— Sabem então o que isso significa? Significa que o ladrão é... — Alyssa deu uma risadinha irônica, já imaginando quem iria entrar agora.

Pestana estava gostando da atenção das câmeras. Tomou até alguns goles de água não porque

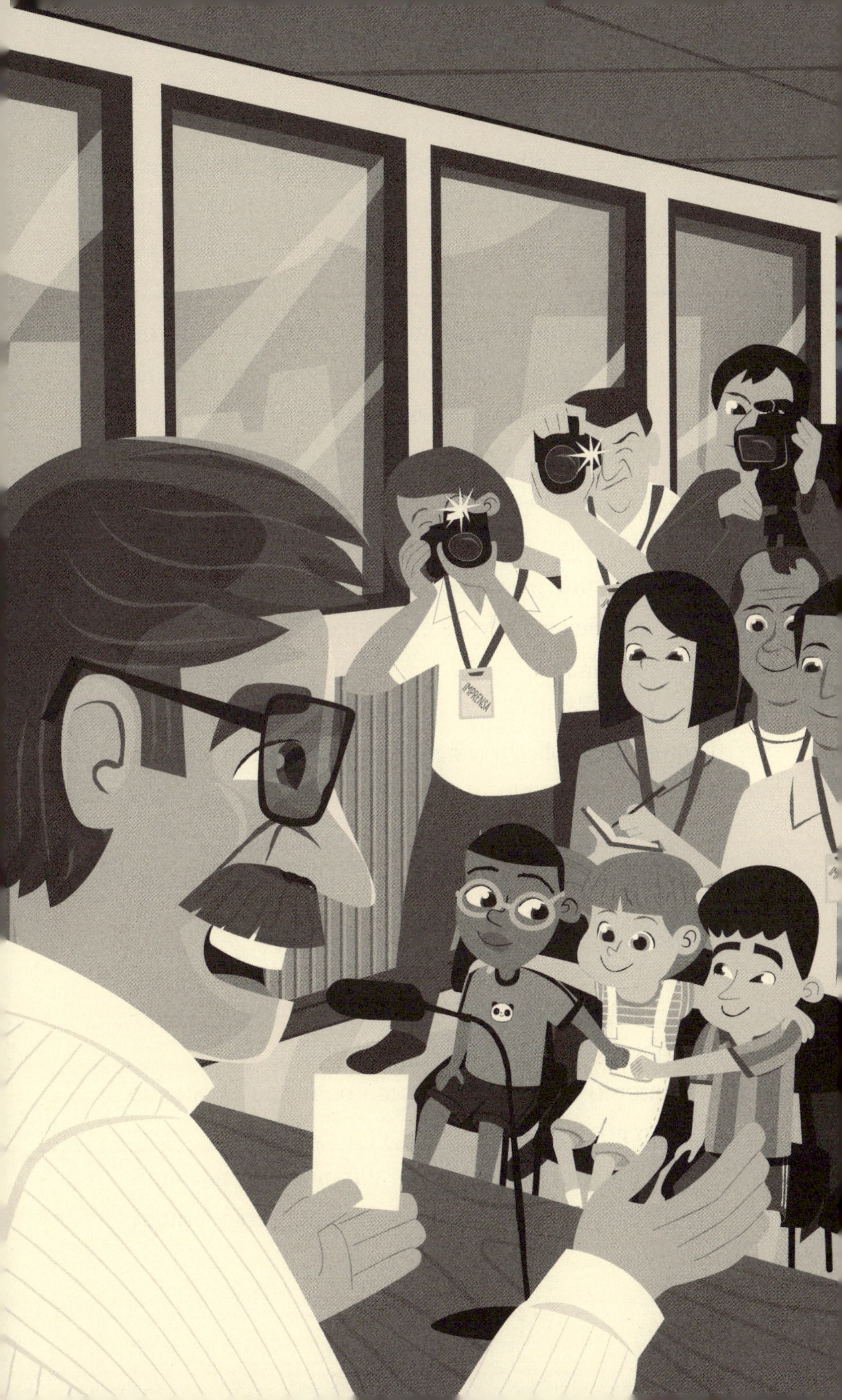
IMPRENSA

estivesse com sede, mas para aumentar o suspense. Foi o que aconteceu quando pediu que mais uma pessoa entrasse no auditório. Era Dino, o dono da Banca Sousa.

— Nós somos os melhores detetives — vibrou Alyssa, passando os braços por trás dos ombros de Antonio e Charles num abraço triplo.

Dino ficou ao lado de Pestana e do agora investigador Dagoberto.

— Em nome da Polícia, eu gostaria de fazer um agradecimento ao senhor Dino, dono da banca de jornal que fica ao lado da escola e que vendeu a figurinha premiada...

— Agradecimento?!? — cochichou Antonio. — Desde quando a polícia faz agradecimentos a um ladrão?

— Sssshhhhhh! — um jornalista atrás deles pediu que parassem de falar.

Pestana ligou o computador e o nome da operação apareceu num telão atrás dele: Operação Pirita. Ele começou contando o significado do nome Pirita.

— Quando é que eles vão algemar o Dino? — disse baixinho Alyssa no ouvido de Antonio.

Antonio deu de ombros e continuou prestando atenção no delegado.

— Graças à denúncia do senhor Dino, nós conseguimos prender o responsável por essa grande fraude. – E disse para o investigador Dagoberto: – Pode trazê-lo!

Os jornalistas ficaram em polvorosa com a entrada do acusado. O mistério da figurinha dourada estava chegando ao fim.

A FÓRMULA QUÍMICA

— Mas... é o dono da Editora Guimarães!!! — os meninos levaram o maior susto. Pestana anunciou que a polícia havia pedido naquela manhã a prisão do empresário José Alberto Guimarães Neto, que entrou algemado na sala.

— Por que ele roubou a minha figurinha? — questionou Charles. — Se quisesse, ele poderia ter feito um montão delas.

Os jornalistas começaram a perguntar ao mesmo tempo. Curtindo seus 15 minutos de fama, Pestana disse que responderia a todos, desde que fizessem uma pergunta por vez.

Segundo o delegado, Dino foi peça-chave na resolução do caso. Como era colecionador de figurinhas havia bastante tempo, ele tinha amizade com muitos funcionários da Editora Guimarães. Graças a esses amigos, ele conseguiu um emprego para o filho dele lá. O rapaz trabalhava no setor de logística. Por ter um sobrenome parecido com o do engenheiro químico (Sousa e Souza), ele recebeu certa vez um e-mail por engano. Foi assim que o filho de Dino ficou sabendo da farsa da promoção da figurinha dourada.

– Ah, o filho dele só pode ser aquele rapaz do envelope... – disse Antonio para Alyssa.

Charles levantou a mão no meio dos jornalistas. Pestana se lembrou da história do "delegado amigo das crianças" e fez sinal para que ele perguntasse primeiro:

– Mas como ele roubou a figurinha de dentro da minha mochila?

– Ele não roubou... – respondeu Pestana. – É aí que está a genialidade do crime.

– Não estou entendo nada – Charles ficou confuso. – Eu estava com a figurinha dourada e, de repente, apareceu aquele cara da Costa Rica.

Pestana achou graça e fez questão de explicar tudo nos mínimos detalhes:

– O tal Souza, engenheiro químico da fábrica, desenvolveu uma tinta especial que desaparecia algumas horas depois de ter contato com o ar. O engenheiro pegou uma figurinha qualquer, no caso esse jogador da Costa Rica, e aplicou a tinta dourada por cima. Na hora de entregar o prêmio, eles sabiam que o dourado da figurinha já teria desaparecido.

– Quer dizer que a figurinha dourada nunca foi roubada? – espantou-se Charles.

— Exatamente — concordou o delegado. — Tudo estava programado para a tinta sumir na hora em que a imprensa estivesse reunida para ver a entrega do prêmio. O engenheiro químico também foi preso agora há pouco. Ele é acusado de ser cúmplice nessa armação.

— Tem uma coisa que eu não entendi... — continuou falando o garoto. — Se ele tivesse me dado o prêmio, a editora não ficaria bem na fita? O que ele ganhou com isso?

Pestana tinha a resposta na ponta da língua:

— Se você tivesse recebido o prêmio, ninguém mais falaria do álbum no dia seguinte. Mas o senhor Guimarães sabia que o roubo se transformaria num grande mistério, que iria viralizar na imprensa e, principalmente, nas redes sociais. Ele teria propaganda gratuita para o álbum da Copa por várias semanas. E ele venderia cada vez mais e mais. Nós fizemos os testes no nosso laboratório e encontramos resquícios da tinta na figurinha da Costa Rica.

Pestana projetou o resultado da perícia no telão da sala. Alyssa aproveitou o momento para fazer a sua pergunta também:

— Mas quem ia receber o prêmio então?

— Tudo leva a crer que ninguém receberia a viagem. Eles acreditavam que, com o início da Copa, a imprensa esqueceria da história. E a Guimarães já teria vendido milhões de figurinhas.

Ao lado de Charles e Alyssa, Antonio não quis ficar para trás e também soltou a sua pergunta. Nem levou em consideração os braços dos jornalistas que continuavam esticados e levantados atrás dele:

– Com tantas bancas de jornal no Brasil, como é que essa figurinha veio parar bem aqui na banca do Dino?

– Boa pergunta! – elogiou o delegado Pestana. – O policial Dagoberto pode explicar melhor...

– Claro, com certeza. Cadu Sousa, filho do senhor Dino, trabalhava na área de logística da Guimarães. Quando soube da armação, ele ficou monitorando o envelope da figurinha dourada. Num gesto corajoso, ele conseguiu direcionar o maço para a banca do pai, que já estava avisado de tudo.

Alê entrou na conversa:

– Poxa vida! Esses caras vendem milhares de álbuns e milhões de figurinhas. O que custa pagar uma viagem para a Copa?

– Lembra o que eu falei para você naquele dia na banca? – Dino respondeu. – É para manter a tradição de família. Os Guimarães nunca gostaram de dar prêmios.

Os garotos resolveram contar que chegaram a

desconfiar de Dino. Disseram que seguiram seus passos por três dias e viram o dia em que ele se encontrou com o filho perto da portaria da Editora Guimarães.

– Pensei que a figurinha dourada estivesse dentro do envelope que o senhor entregou a seu filho – declarou Antonio.

Dino disse que ficou feliz em saber do espírito aventureiro da turma.

– Mas o Cadu ficou com medo de ser desmascarado e resolveu pedir demissão naquele dia. Só que a carteira de trabalho dele estava em casa e fui levá-la para ele.

A coletiva continuou quente, agora cheia de perguntas dos jornalistas. O delegado Pestana foi bombardeado de questionamentos, mas estava feliz da vida com a exposição que tanto desejava.

* * *

No caminho de volta para casa, Alyssa estava toda tristonha no banco de trás do carro.

– Por que você está assim, filha? – perguntou o pai, observando-a pelo espelho retrovisor. – Você não ficou feliz com a solução do mistério e a prisão do dono da Guimarães?

— Claro que fiquei, não é isso! — disse, olhando para fora pela janela. — É que eu queria que nós tivéssemos resolvido o caso...

— Mas vocês só têm 11 anos, Alyssa — contemporizou a mãe.

— Eu sei. Só que naquele livro que o papai gosta tanto, aquele *O gênio do crime*, são as crianças que descobrem o culpado. Eu queria ter feito a mesma coisa.

Os pais acharam graça do comentário da menina.

— Mas aquilo é um livro... — riu o pai. — Esse tipo de coisa só acontece em livros, nunca na vida real.

BRAAAAAAAASIL!

Mesmo com José Alberto Guimarães Neto preso, a polícia exigiu que a fábrica continuasse funcionando para não desabastecer o mercado de figurinhas da Copa. O Colégio Pedro Álvares Cabral aproveitou para organizar uma grande feira de trocas de figurinhas entre os alunos no sábado. Todos vieram com suas figurinhas repetidas, seus álbuns quase completos e listas com os cromos faltantes.

— O que você tem aí para trocar? — Alyssa chegou perto de Antonio com um imenso bolo de figurinhas repetidas.

— Aposto que você não tem essa... — disse Antonio, mostrando uma figurinha com a cara... da própria Alyssa.

— Ei, sou eu! — abriu um sorriso a garota. — Como você fez isso?

— Eu comprei mais figurinhas ontem na banca do Dino e saiu essa figurinha dourada aqui. Qual vai ser o meu prêmio?

— Dou dez figurinhas em troca dessa com a minha cara! – ofereceu a menina.

– Ah, não posso. Essa é uma figurinha difícil. Difícil como essas outras...

E Antonio começou a mostrar figurinhas com os rostos de todos os alunos da turma 161.

– Que legal! – aprovou Alyssa. – E olha aqui... até o professor Osmar como técnico... O que você vai fazer com isso?

– Vou guardar de recordação! Sãos as figurinhas mais premiadas de todos os tempos! Peguei essas fotos na internet e imprimi as figurinhas ontem à noite.

Alyssa percebeu que sentia sempre um friozinho na barriga quando Antonio estava por perto, e Antonio se sentia hipnotizado toda vez que Alyssa falava com ele. Daí que os dois nem perceberam a chegada de Charles.

– Oi, Antonio! Oi, Alyssa!

– Trouxe as repetidas, Charles? – perguntou Antonio, saindo do momento de transe.

– Você sabe que eu não estou colecionando...

– Então o que você veio fazer aqui?

– Vim te mostrar essa carta, Antonio! – Charles tirou um papel de dentro de um envelope com um brasão oficial. – O juiz determinou que a Editora Guimarães me pague a viagem para a Copa do Mundo. Ainda disse que eu poderei levar dois acompanhantes. E meu pai falou que uma decisão do juiz precisa ser cumprida imediatamente.

– Que sorte! – cumprimentou Antonio, sem muito entusiasmo.

– Sorte sua também! – rebateu Charles.

– Como assim?

– Vamos eu, meu pai... e você, Antonio.

Antonio sentiu as pernas bambas. Ele não conseguia acreditar naquilo.

– Mas... Mas... E a sua mãe? – Antonio ainda tentava concatenar o pensamento, que parecia totalmente confuso.

– Ela aprovou a minha ideia! Minha mãe disse que tem certeza que nós três vamos nos divertir muito! Vem com a gente?

– Braaaaaaaaaaaaaaaaaaaaaaaaaasil!!!! – finalmente a ficha caiu, e Antonio saiu gritando todo eufórico pelo pátio. Balançava os braços como se fossem as asas de um aviãozinho.

Alyssa abraçou Charles. E, vendo o outro amigo se esgoelando pela escola, não segurou a gargalhada:

– Esse Antonio é mesmo uma figurinha!